황규환 제4시집

내 마음에 무늬진 순간들

내 마음에 무늬진 순간들

초포 **황규환** 제4시집

한누리미디어

새로운 날보다 지난날의 아름다운 추억을 떠올려 본다.

공감이 겹친 그 시절 꿈도 많고, 사랑도 애틋했던 시절,

나만의 세상으로 돌아가 잊어버린 생각들을 하나씩 주워

본다.

그 속에는 햇살에 하얗게 빛나던 학교 운동장도 있고, 코
흘리개의 나비춤과 따스한 누나의 보살핌, 그리고 1학년 담
임이 칠판에 그리던 호주기(제트기)가 날고 있다.

학교 정문에 버티고 섰던 수양버드나무, 그림시간이면 누
구나 그려보던 빨간 지붕의 교실, 넓이뛰기 모래판에는 날쌘
내가 날아다니고 있었다.

앵두, 포도, 석류, 고욤, 골담초骨擔草, 감나무가 있던 꽃집
인 우리 집 뒤울안에는 머위와 돌나물이 자라고, 돌담에는
하눌타리가 곱게 넝쿨을 뻗었으며, 닭장의 토끼, 화장실 옆
에 있던 돼지, 마루 밑에 '베쓰' 라 부르던 개 한 마리가 내 동
무였고, 동네 아이들과 놀이시간에 풀을 뜯겨야 했던 미운
흰 염소도 한 마리 있었다.

앞 개여울에는 손톱만한 조개들이 살고, 나를 애태우던 버

들치, 가재, 미꾸리가 수초에 숨어 늘 호기심을 불러 일으켰고, 장마가 가신 후 모래톱이 그려 놓은 고운 모래밭이 꼬마 발을 간질이고 있었다.

  봄이면 뻐꾸기 소리가 아카시 꽃향기에 어울려 좋았는데 뻐꾸기의 탁란 비밀이 밝혀진 후 미운 뻐꾸기가 되었고, 오동나무 꽃이 매캐한 사춘기에는 막연한 이름 모를 여학생을 그려보기도 했다.
  단오 무렵이면 느티나무에 그네뛰기와 윷놀이, 농악대로 마을 잔치가 벌어졌고 술기운이 오른 아버지의 붉은 얼굴이 나를 당황케 했었다.

  나보다 한 살 많은 '바우', 내 또래의 '창구', 한 살 아래의 '인철' 이가 친구를 했고, '마사코(貞子)', '영자', '순자' 가 같이 자랐다.
  이제 어린 시절을 얘기한들 찾을 수 없는 그들이 되었고, 내 기억 속에서 같이 늙어가고 있을 것이다.

2021년 12월

초포 황 규 환

차례

1부 _ 그리운 행복은

2부 _ 솔잎 한 잎만큼

:

차례

4부 _ 하늘 모퉁이

차례

5 부 _ 바람이 주고 간 말

6부 _ 바람의 언덕길

차례

7부 _ 항재전장 恒在戰場

할머니의 아침산책

굽은 허리 추스르고
발보다 큰 검정고무신을 끌며
거북이를 앞세우고 걷는다

어깨에 검은 룩―색
인생이란 짐을 짊어지고
버거운 삶을 한가하게 걸어간다

이마에 주름진 각고의 날들
느티나무 등걸 같은 거친 손등으로
쓰다듬는 세월은 얼마나 더 남았을까

딱히 기다리는 이도 없는 오늘이기에
빨리 간들 무엇하랴만
짚고 일어서는 지팡이가 파르르 떤다

할머니 생각에

빨간 단풍잎이 길 위에 흩어지는 날
달개비 푸른 눈물이 뚝 떨어진 자리에는
야생으로 자란 황국이
할머니의 화사한 얼굴에 웃음을 짓습니다

검은 팥을
맷돌에 드르륵~ 타서
햅쌀에 섞어 지은
고실한 밥 먹던 시절이 무척 그립습니다

오늘은
솜 누비바지에 검은 두루마기를 걸치고
벽 앞에서 명함판보다 작은 사진 한 장 달랑
남기고 가신 할머니를 꿈에서라도 보고 싶습니다

늘 사랑으로 안아주시던 할머니처럼
저 역시
훌쩍 커버린 손자 손녀들에게
인자스러운 할아버지로 오래도록 남고 싶습니다

할아버님과 함께

동지 무렵, 이른 겨울새벽
문창호지를 밝힐 여명은 아직 먼데
잠은 어딜 갔는지 홀로 일어나
긴 담뱃대를 화롯불에 대고 빨고 계신다

쑤억~ 쑤억~
빠진 치아 사이로 헛바람이 분다
아주 더디게 가는 시간들
오지 않는 잠을 다시 청해 본다

아침밥과 데워질 아랫목을 박차고
연기가 퍼지는 아침마당 쓰는 일로 시작하면
활활 핀 화롯불은 며느리의 존경이고
긴 수염과 두루마기에 갓 쓰시고 장에 가셨다

당숙 집에라도 가셨는지
허리가 꼿꼿하여 작대기 할아버지로
장이 파하고 땅거미가 져도 오시지 않고
그을음의 호롱불에 손자의 기다림도 길다

진잎국

겨울이면 식탁에 앉아
할아버지의 기억을 먹는다

추위를 몰아낸 갓 담은 화롯불에
"오늘 아침국은 진잎국이구나"
웃음으로 수저를 드시던 인자하신 할아버지

할머니부터 대를 잇고
지금은 아내가 끓여준
김장김치로 끓인 진잎국

멸치의 구수한 맛과
알싸한 김치가 어우러진 진잎국은
겨울철 우리 집 단골메뉴다

서로를 돕는 훈훈한 마음에
옛 생각이 그리운 아침식탁
추운 겨울날의 아침이 포근하다

보고 싶은 외사촌 누나

느린 기차를 타고
다니던 시골집에
여든이 넘은 누나를 찾아
칠순이 된 동생내외가 모처럼 왔다

큰 독에 담가놓은 된장
중간 독의 고추장 한 병씩
된장에 박아 만든
깻잎장아찌 한 덩이를 주셨다

돌아와
꺼내서 쪄먹을 때마다
훈훈한 고마움에
그리움이 솟는다

누나의 처녀시절
뽀얀 얼굴과 긴 머리에
빨간 댕기가 나풀거리고
자두를 따주던 손이 곱기도 했지

동생 밥 먹이기

반찬 투정하는
어린 동생에게
된장찌개 된장덩이를
고기라며 달래고
김치줄기도 물에 헹구어 잘게 쪼갰다

진간장에 참기름 한 방울
똑 떨어뜨려 오물조물
밥을 비비고
밥 한 술에, 물 한 모금, 김치 한 쪽
먹이다 보니 벌써 한 그릇 뚝딱

맛을 보면 모를까만
녀석 알고 속아준 게야
미안한 마음이
세월이 흘러도
오래도록 지워지질 않는다

*동생은 지금 할머니가 되어 손자에게 밥을 먹이고 있다.

어머님의 어느 기일날

푸른 오월이 꿈속 같습니다
앞산 숲에서 들려오는
검은 둥지 뻐꾸기 소리가
오늘 따라 가슴 깊이 울립니다
환갑잔치를 바로 앞두고
길을 떠나신 후로
벌써 서른하고 한 해가 되었습니다

어제는 막내사위 환갑이라고
주섬주섬 연락된 대로
한 곳에 모여 하룻밤을 보냈습니다

호수에서 푸른 물살을 가르며
환호도 지르고 차도 마시며
서로가 뿌듯한 마음으로
늘 어머니 말씀대로
우애 있는 시간을 보냈습니다

지난 사월 어머님 계신 곳의
잔디를 새로 입혀 잘 자라는지

며칠 있으면 어머님 기일
다시들 만나 추억들을 떠올리면
싱그러운 오월은 계절의 여왕답습니다

마치 다시 돌아오신 것 같아
칭송하는 마음으로
모두를 보살피며
행복한 시간을 보내겠습니다

둘째 여동생 숙淑이

팔남매의 우리 집
아들 셋에 딸이 다섯
모두가 한 집에서 태어나
같은 학교를 다녔다

오늘 저녁식사에
무채와 고추장을
듬뿍 넣어
비빔밥을 만들어 먹었다

어릴 적
고추장에
빨갛게 비벼먹던
둘째 여동생 명숙이가 그립다

호호 불며 맵다던 누이
할머니를 닮아 유독 키가 작은 너
나는 할머니를 잊지 못하고 있는데
마침 오늘이 할머니 기일이구나

음력 동짓달 그믐
아무도 오질 못했지만
할머니 생각하며 옛날을 생각한다
이제 만물이 소생하는 봄이 가깝구나

당신

오십여 년
같이 살아오는 동안
조금은 부족하다고 생각했지만
그건
당신이 모자란 것이 아니고
내 욕심이 컸던 것이네요

늘 앞선 생각에
미리 준비해 준 그 덕으로
오늘까지 편안했음에
이제야 고마움을 크게 갖습니다

오늘까지
왜 내 생각만을 했는지
무엇을 얼마나 많이 안다고
윽박지른 못남에 화가 나네요

얼마나 더 살지 모르지만
사는 날까지 아끼고 존중하며
이해하며 다독이겠으니
이제 아프지 말고 당신답게 사세요

아내의 지혜

우리 집 보물단지 그것은 아내의 지혜다
옷에 단추가 깨져 비슷한 단추를 찾아
달아야 하는데 서랍과 반짇고리를 찾아도
맞을 만한 단추가 없다

아내는 아파트의 헌옷을 모으는 곳으로 가서
단추를 고른다
혹 오늘같이 쓰여질지 모른다고 생각하여
헌옷에 달린 단추를 모조리 떼어 모은다

예쁜 단추가 많이 모아졌다 그 덕분에
내 옷에 단 단추는 안성맞춤이 되었다

이웃 아주머니들은 안다 필요한 단추가 있으면
으레 우리 집으로 온다 필요시에는 하나만 주는
것이 아니라 한 벌을 모두 내어주고 떼어낸
단추를 반납 받아 보관하니 보물이 따로 없다
모름지기 적재적소에 쓴다면 또한 기쁘지 아니한가

금혼식이라는데

깊은 밤
잠이 든 아내의 곁에 앉아
살며시 손을 만져 본다
지난 세월이 꿈만 같다
내일 모레면 금혼식이란다
오십 성상을 훌쩍 지나쳤다
하지만 어찌 살았는지 모른다
살다 보니 살아온 거다
크게 아프지 않고
살아온 날들이 고마울 뿐이다
변함없는 아내의 신앙은 오늘도 여전하다
아침저녁으로 빠트리지 않고 기도하는 일
평소 감사하며 사는 일이 무탈하게 살게 했나 보다

자식들에게 많이 물려주지 못해 가슴이 아프단다
참으로 평범한 바람이다
집 사 주고, 차 사 주고
외국에 유학 보내는 것은 아니란다
단지 어려워졌을 때
일어설 수 있도록 조금만 받혀 주는 거다

아기가 아플 때 병원비를 내주면 족하고
모처럼 어린 손주들 찾아올 때
맛있는 음식을 먹여주고
갈 때에 용돈 조금 쥐어주면 그만이다
아내의 곱게 쉬는 숨소리에 밤이 지나고 나면
내일에 좋아하는 산채를 사 줘야겠다
오대산 월정사 산채 음식점에 가는 길
다소곳한 그녀가 옆자리에서 웃고 있다

그리운 행복은

가족과 오래도록 같이 사는 것은 기적이다
그리고 친구가 어설픈 얘기를 해도
업신여기거나 버리지 말고 조용히 들어주자
그리고 천천히 늙자 이것이 곧 늙은이의 행복이다

노스님의 독경소리를 듣듯
사람은 누구에게나 그리운 소리가 있나 보다
잠결에도 알 수 있는 어머님 목소리
살을 부벼대던 사랑의 목소리
콧노래를 부르던 누이의 즐거운 목소리
그리고 잔잔하게 굴러오던 파도의 칭얼거림

밤열차의 헛바퀴 소리와 먼 이웃에서 짖던 개소리
과수원에서 들려오는 수탉 울음
은은하게 들려오던 산골 교회종소리
수업시간 졸음에 간간이 들리던 선생님 목소리
1,220고지에서 지르던 동료들의 함성소리
고요한 숲을 울리는 산새소리와 계곡의 재잘대는 물소리

땅거미 진 저녁

모여 앉아 식사하며 내는 그릇 부딪치는 소리
밤하늘을 수놓던 트럼펫 소리
긴 겨울밤 할머니의 옛날얘기 소리가 가물가물 들려온다
기억이 있는 한 이 모두가 그리운 행복이다

배추벌레

가을 찬비에
밤새도록 쏟아낸 토혈
여름의 숱한 기억들이
형형색색의 편린으로 수북이 쌓이는 아침

황홀 속에도 아랑곳없이
걸음을 재촉하는
개미들의 숨 가쁜 질주와
나비들의 한가로운 날갯짓도
매미들의 유혹 어린 노랫소리도
어느덧 사라졌는데

황홀한 별천지에 마음을 빼앗기고
지그시 감는 눈길을 두드리는 소리

"배추밭 벌레는 잡았나요"

지당한 진리의 말씀이지만
또 하나 개미의 바쁜 생각으로
허허로운 마음에 짙게 얼룩지는
가을날 아침
노란 은행잎이 우수수 바람에 날린다

콩밭열무김치

요즘
자라나는 아이들이야
콩밭열무를 알겠냐만

보리쌀 삶은 물에 홍고추 갈아 넣고
콩밭열무 다듬어 물김치를 담아
우물에 김치단지 매달아 익혀서
점심소반에 밥반찬으로 올려놓으니
여름 반찬으로 이보다 좋은 것이 있으랴

어찌 그뿐이랴 양푼에 보리밥과
열무김치를 듬뿍 넣어
참기름 한 술에 고추장 한 수저로
비벼진 부드러운 콩밭열무김치의 맛
아마도 이것은 늘 그리운 어머니의 손맛

보리가 익어 베기 전
짙은 녹음과 어우러진 보리밭 또한
요즘은 볼 수 없는 강렬한 풍경에
매혹된 마음을 그림으로 그리던 그때가
콩밭열무김치만큼 각인된 어린 시절의 여름이다

큰 당숙어른 그립습니다

사립문 문간방에 일생을 편 사람
여름밤이면
호두나무 잎새를 스치는 바람소리에
먼 기억의 뒤켠에서 어머니를 그렸을 게다

저녁녘이면
여물 쑤고 남은 잔불에
가슴 적셔오는 눈물을 말리며
치마는 그리움을 꾹꾹 삼켰을 게다

매년 찾아오는
봄의 외로움도
긴 겨울밤의 쓸쓸함도
절룩이던 다리를 원망하지 않으며 살았고

동생 집에 붙어 살며
눈치를 봐야 하는 피붙이의 인연이기에
새벽에 일어나 논에 나가면
시원한 사람 속에 숨통이 트였을 게다

큰 당숙이 가신 지 오래
어쩌다 찾아오면 불그스레히 볼에 비친
웃음의 의미가 끈끈한 핏줄 속에서 꿈틀거리고
사립문에 지게 지고 들어서는 절름거리는 걸음걸이

*큰 당숙어른께서는 사고로 다리를 절며 일생을 작은 당숙 집
에서 농부로 홀로 사셨다.

공포恐怖

술을 많이 드신 날
자식인 우리는 공포에 떨었다
접근할 수 없는 아버지의 위엄이
큰 소리로 주사酒辭가 나오면
우리 오남매는 바들바들 떨었다
아버지의 불만을 우리는 몰랐고
달래는 엄마는 애처로웠다
왜 그러셨을까
아무리 생각해도 알 수 없는 이유
아무리 노력해도
펼 수 없는 가난이
풀기 어려운 노여움으로 변했고
자신에 대한 화가
우리에겐 공포를 넘어 억압 속에
숨죽여야만 했던 시절이 있었다
집을 나간 어머니가 돌아오신 날
계면쩍은 웃음으로
일상으로 돌아오신 아버지
평화는 찾아왔지만
가슴에 엉킨 공포는 가라앉질 않고

술을 싫어했는데
어느새 나 역시 말술꾼이 되었었다
한 잔 먹세 그려, 두 잔 먹세 그려
꽃 꺾어 산 놓고 무진무진 먹세 그려
장진주사가 내 노래인 양

제2부

솔잎 한 잎만큼

분노

갈아타기를 잘 하는 선수들
숯불을 헤집듯
헤집어 놓아야 한다

똑똑하고 야무진 게 아니다
척하는 무리들
무게를 달아 보고 싶다

인생

이슬이고
바람이며

안개 속에 사는
일년생 들꽃 같다

기다리던 세월도 시들해지고
곱고, 희망에 부풀던 꽃잎을 접고

물 따라 흐르는 종이배처럼
아니 금방 떨어진 나뭇잎 한 잎이다

잘못 했습니다

어설프게 판단하여
부화뇌동하지 말라

세웠으면
흔들지 말라
흔들어 넘어지면
다시 세우기 힘이 든다

올바른 판단은
영원히 빛나는 것
대표를 뽑기 전에 신중하자
뽑은 후에 후회는 서글픈 것이다

활공

그리움이 이는 날이면
먼 여행을 하며 바라보던
잿빛 구름 위로 미음을 띄우자

아롱지는 햇살을 받아먹고
하늘과 바다가 맞닿는 곳까지
서둘지 말고 날아가 보자

가다가 날이 저물면
포근한 풀밭에 내려
고운 꿈을 불러 내일의 활공을 생각하자

사랑과 함께하면
어디를 가든 즐거울 것이니
어떤 고생도 행복이라 말하자

키질

할머니와 엄마는
잘도 까부는데
왜 나는 못 까불까

지금은 나대신
아내가 잘 하는 키질
신통하다

동생이 지도를 그리면
뒤집어 쓰고
소금 받아오던 키

울던 녀석을 생각하며
벽에 걸린 키를 보니
행복한 웃음이 번진다

나를 찾아서

언제부터인가
나는 나를 찾고 있다

어제도
오늘도 찾았고
내일도 찾아다니리라

찾았다 싶어 자세히 보면
내가 아닌 것을…
나인 줄 알았지만
내가 아닌 것을…

남들은 나를 나라고 부르지만
나는 나를 결코 모른다
그래서
언제부터인가 나는 나를 찾고 있다

왜 그럴까

아직도 내가
누군지 모를 갑갑한 가슴을
시원하게 풀어줄 한 마디가 필요해서
꺼져가는 잿빛 하늘에 시선을 묻는다

백년이란 긴 세월을 살아도
이 모두 찰나인 것을
그러기에 어디서 와
어디로 가는지 알 수 없어
의문을 품고 오늘도 맥없이 하루가 간다

그래 발버둥 친들 뭣하랴
그저 살다가 사라질 뿐
허공을 맴돌지 않는다면
슬퍼할 일도 아니다

새로 태어난 귀여운 아가에게
살던 세상을 맡기고
손짓하며 웃음으로 떠나는 게다

이런 삶이면 좋겠다

오늘도 기다림에
헝클어진 시간이
줄을 세우지 못한다

차례를 지나쳐
할 일도 잊고
뼈마디 소리를 들며
어젯밤의 고통이 적어질 즈음
핼쑥한 얼굴에 웃음이 번지면
안도의 가슴에 평온이 찾아온다

아픔은 모든 것을 체념한다
산다는 의미를 잃지 말고
태어나던 원시의 순수함으로
살다 보면
늙어 꼭지가 떨어지듯

존엄사尊嚴死요
자연사自然死의 의미를 새기듯
조용히 긍정이며 가는 순간까지
야생화처럼 순박하게 살다 가자

자연이 주는 선물

가슴을 적시는 율려의 떨림에
봄이 손잡이 이끄는 싹이 트면
무언지 모를 그리움이 핀다

한없는 신비로움에
가만히 생각하면
모두가 귀한 선물이다

슬퍼할 때 위로해 준 풀꽃 한 송이
밤새워 내린 하얀 눈밭
무료함을 달래주던 풀벌레의 가곡
마음을 밝혀주던 넝쿨 장미꽃
사색에 잠기게 한 높고 푸른 하늘

그리고 맑은 공기와
흐느끼는 바람
저녁놀에 젖은 강줄기
이 모두가 당신이 베푼 선물임을 안다

노老스님의 가르침

남긴 발자취에서
방황의 그림자들이 춤을 춘다

사관생도의 제식훈련 같은
행보는 아니어도
목표가 뚜렷한 발걸음이면 좋지

의미 없이 보낸 세월을
허송세월이라 했는가
어제까지 보낸 하루가 허송세월이구나

남은 세월이 걱정된다
자고 나면 시간이야 흐르겠지만
참 잘했다는 만족감에
후회 없는 시간을 보내야지

많은 가르침을 주고
저세상 내원궁에 계실
노스님의 환한 얼굴이 윤슬처럼

이런 죽음이고 싶다

목에 숨이 끊기는 날이
영혼의 방황이 시작되는지

자유로이
다닐 수 있는 혼을 위해
몸과의 이별하는
순간을 위해 힘을 비축하지 말자

쇠잔한 몸에
깃든 영혼이
쉽게 손을 놓을 수 있도록
몸도 마음도 미리 준비하자

그래서 가는 날은 고통 없이
웃는 모습으로
아름다운 음악을 들으며
고무풍선 공기 빠지듯 살며시 떠나가자

뿔을 단 한 마리 사슴이 되다

신록이 우거진 숲에 오면
나는 자랑스러운 뿔을 가진
한 마리의 사슴이 된다

온 산골을 다니며
좋아하는 삽취 싹도 뜯고
칡순도 잘라 먹는 순한 산짐승이 된다

때때로 맑은 하늘에
말끔히 눈을 씻어
순한 아기처럼 바람소리에도 기뻐하며

반짝이는 눈동자에 선한 마음으로
임을 만나는 설레임에
멋진 뿔을 가진 한 마리 사슴이 된다

내가 사는 곳

어디를 가든 나는 그곳에서
따스한 정을 느끼곤 한다
온통 삶이 거기에 있다
시들지 않는 힘이 내재된 채
느린 듯 빠르게 천천히 밀려 왔다
열심히 사는 삶의 모습들이 스쳐 지나간다

'깎을래 볶을래'의 미장원
'여울목 어죽집' 아파트 상가의 '켄터키 치킨'
경기농약, 홍사과약국, 중화요리 어랑, 그때 그집
밝은 안과, 황한의원, 알파 문방구, 학교, 파출소, 책방
인디언 옷가게, 차가 즐비한 슈퍼마켓, 상큼한 커피집
교회와 산사의 종소리와 풍경소리가 들려오고
호텔을 지나 기차가 가고, 버스와 택시가 오고 간다

이런 날 무작정 집을 떠나
잘 알지 못하는 낯선 바닷가에 이르면
솔수펑이 잔잔한 시골 마을 입구에 서서
멍한 눈을 들어 흘러가는 하늘을 바라본다
알지 못할 슬픔에 눈물이 고이고

어머니의 인자한 눈빛같이
조용조용히 별빛을 내리면
나를 기다리는 포근한 아내가 있는
집을 향해 돌아가는 은빛 자동차 한 대
거기에 철이 든 탕아 같은 내가 타고 있다

솔잎 한 잎만큼

솔잎 한 잎 주워들면
한 닢 자리만큼
깨끗해진다는데

깨달음을 얻기보다
들끓는
마음만이라도 가라앉히고

잠시나마
흔들린 마음을 비우려
수행 아닌 수행에 잠깁니다

자신을 버리는 일
번뇌를 벗으려는 일념으로
온 널판 어디선가 오는 소리로 잊어지는 저입니다

제3부

그 봄의
기억 속에

지난 봄

올해에는
보지 못했다

바다에 드리운
연둣빛 봄의 치맛자락을

그때 나는 선감도
바닷길을 달리고 있었고

황금 산에는
노랑동백이 숨어 피고 있었다

봄

모르는 사이에
내 곁으로
봄꽃이 다가와 폈다

꽃 잔디가
분홍색으로 눈을 떴고
매화 봉오리가 봉긋하다

훈훈한 봄날
찌든 겨울의 모습이
활짝 피면 좋겠다

갯가 너럭바위에
쏟아지는 햇볕
새잎이 푸르고 양지꽃이 피면

봄비 내린 날

테라스에
비가 고이고
햇살이 눈부신데

산들바람이 부니
윤슬이 찬란하게 비친다

조용한 시간
기쁜 소식이 오려는지

봉긋한 매화 꽃봉오리에
설레임이 인다

봄이다

봄날

우리 마을에 봄꽃이 폈다
꽃 잔디가 눈을 떴고
매화봉오리가 봉긋하다

훈훈해진 봄볕
겨울에 찌든 내 모습도
활짝 피면 좋겠다

갯가 너럭바위에 핀
양지꽃은 언제쯤 보려나
개울이 졸졸 노래 부르니 시원하다

산에 가면
노랑동백이 지고 진달래가 피면
홑잎, 다래 순을 따는 산토끼가 반가울 게다

봄비에 젖다

안개 자욱한 봄날 아침
그윽한 봄의 눈길에
가슴이 뛴다

때까치 날갯짓에
화사한 개나리꽃 무리가
방긋 웃는다

봄비에
촉촉하게 젖은 나뭇가지에는
하늘이 비친 물방울이 찬란하다

봄비 한 가닥에
대지는 생기가 돌고
따스한 가슴에 꽃이 가득하다

봄맞이 가자

어제라 부르는 녀석이
슬그머니 왔다 쏜살같이 가버렸다
각오를 새롭게 다진 오늘은 아니어도
살아 있다는 일만으로도 감사해야 한다

이 추운 겨울의 한가운데서 궁금증이 인다
추운 날씨에 봄은 어디쯤 왔을까
생각하는 시간은 흐름을 느낄 수 없지만
지나고 나면 저만큼 가버린 시간임을 안다

죽은 듯이 서 있는 활엽수의 나목들
저들은 어디쯤에 봄을 숨기고 있을까
아마도 땅속 깊은 곳
뿌리로 감싼 흙덩이 속에 감추고 있을까

나무는 가지를 안테나처럼 하늘에 뻗고
겨울철 벙커생활에 이골이 났는지
머지않아 봄을 알리는 바람이 불면
물을 올리고 싹틔울 준비를 조용히 하나 보다

들꽃

무심코 지나쳐
눈에 띄지 않네

"나 여기 있어요."

아무리 소리쳐도
바라보는 이 없어

지나는 바람에
부탁하여
앙증맞게 손을 흔드니

너무 귀엽다 '찰칵'
사진 한 장에 기쁨이 뿌듯하다

오시는 님

오늘
하늘에 틀어 올린
머리뭉치 속에
무슨 지혜가 들어 있는 것만 같다

끄덕이는 긍정에
단아한 모습으로 오는 이여

늙지도 젊지도 않고
희지도 검지도 않으며
길지도 짧지도 않게

우아한 웃음에
쌓였던 번뇌가 사라지니
타라의 화현일까
사랑의 붉은색 타라 쿠루쿨라이면 좋겠다

*타라: 관세음보살의 눈물로 만들어진 연못에 핀 연꽃에서 태
    어난 여인으로 관세음보살의 배우자.

그 봄의 기억 속에

목 넘김이 싸한 청량감에
막걸리 한 잔으로 사라지는 갈증
이 맛에 아버지께서 마셨나 보다
긴 여름철 배고플 때 막걸리와 같이
기다리던 엄마가 돌아오시듯
반갑고 포근하던 날
옻샘에서 길어온 청수淸水로 빚은
남 몰래 담갔던 술 익는 날
그때는 아카시아 꽃이 흐드러진
숲정이 기슭에 함 통장 집에도 잔치가 열렸다

벌들이 붕붕거리고
철쭉이 뻐꾸기를 부르면
졸방제비꽃의 기지개가
아지랑이 되어 아른거렸다
등 굽은 할미꽃이 왜 그리 슬픈지
청보리 물결에 바랑이 가슴을 설레게 하고
보석 같은 앵두 소쿠리가 탐스러운
윗집 순이 웃음처럼 밝게 빛나고 있었지
아마도 지금쯤 수탉의 홰치는 울음에
하얀 탱자나무 꽃이 떨어지고 있을 게다

봄맞이

호젓한 봄날
따스한 햇볕에 유혹된다

넓은 잔디광장으로 나오니
일찍 나온 사람들이다
롤러스케이트를 질주하는 아이들
비눗방울을 띄우고 쫓는 아이들
연을 날리며, 공을 가지고 노는 아이도 있고
자리를 펴고 누워 하늘에 손짓하는 가족도 있다

개나리 진달래가 화사하고
꽃 잔디 무리와 벚꽃 꽃잎이 날리는 언덕에
봄의 행복한 자리를 펴고
햇빛이 좋은 종일토록
마냥 우리들의 마음을 순하게 한다

아직 나무들의 싹은 피지 않았어도
잔디의 푸른 잎이 누런 빛을 뚫고 나올 듯
준비의 손놀림이 분주한데
수선화와 튤립이 한창 피는
봄은 점점 깊어 신록의 옷으로 갈아입네

봄이 부르는 소리

봄비가 뿌리는 날
세찬 바람 따라
휘어진 가지마다
벚꽃 잎이 휘날리네요

파릇한 풀밭에서
날아오는 소식처럼
가슴 조여 오는 소식을
그대도 기다리고 있는지

쏨벅이는 그리움을
사랑이라 해도 좋을지
기다리는 사이에 세월은 가고
봄은 서서히 곁을 떠나네요

봄비 내리는 하늘은
무겁고 어둡지만
그래도 하늘 모퉁이 한 켠 밑에는
영산홍이 재빠르게 피어 기다리고 있음을

들뜬 마음에
찬비가 내려도
화사한 복사꽃처럼
봄의 목소리가 멀리서 들려옵니다

기억 속에서

해가 짧아져
절간 조그만 창에
산 그림자가 빠르게 지면
산마루에 걸린 적요寂寥한 시간은

석양에 비친
억새꽃과 노랗게 떡잎 진
칡넝쿨로
마음 한 켠에 서러움으로 꽉 찹니다

덧없이 보낸 세월이
어떻게 살았는지
뒤돌아볼 틈도 없이
여섯 손주의 할애비가 되었습니다

이제 마음을 비우고
늦었지만
인자한 웃음으로
모두를 보듬어 사랑하고 싶습니다

그리운 사람들

사람은 누구에게나
그리운 이와 목소리가 있나 봅니다

어릴 적 칭찬해 주시던
외할머니가 그렇고
평생 혼자 사신 쩔룩발이
당숙어른의 목소리가 그렇고
겨울철 아랫목에서
도란거리던 친구가 그렇습니다
외로운 전장戰場에서
손을 흔들던 소녀 또한 그렇습니다

듣고 싶은 목소리를 녹음이라도 했으면
절실하게 그리울 때
들어볼 수도 있을 텐데
지금은 꿈에서나마 들을 수 있어
정다운 목소리가 그리울 때는
가슴만 싸하게 조여옵니다

용기를 북돋아주고
슬픈 노래를 잘 부르던
누나의 목소리가 저녁놀 속에서 들려옵니다

그리움이 이는 날이면

그리움이 이는 날이면
잿빛 구름 위로 마음을 띄우자

아롱지는 햇살을 받아먹으며
하늘과 바다가 맞닿는 곳까지
구름 따라 서둘지 말고 날아가 보자

가다가 주홍빛이 비치는
황혼이 저물면 포근한 풀밭으로 내려앉아
내일의 활공을 생각하며 고운 꿈을 풀어보자

사랑하는 사람과 함께라면
어디를 간들 행복하지 않겠는가
더 높고 너른 온 널판으로 긴 여행을 해도 좋다

할머니의 봄

진달래꽃이 활짝 폈다
먹는 꽃, 참꽃이라 했다
"아가야 이리 와 꽃 줄게"
할머니 얘기는 시작되고

바위 뒤에 숨어서 꽃을 들고
아이를 부르는 무서운 환자의
몸에 걸친 마대자락이 펄럭이며
아이의 등에 땀이 밴다

철쭉꽃이 폈다
"저 꽃을 먹으면 미쳐 죽는단다"

지금도 철쭉꽃을 먹으면
미치고 죽는지 모르지만
진달래보다 짙고 예쁘면서도
미운 꽃 철쭉

매년
봄마다 할머니는
참꽃이 피면 오시고
철쭉이 피면 가신다

청보리밭

종달새가 우지 우짖던 청보리밭에
바람의 꼬리에 물결이 일면
푸른 갈기를 휘날리는 청마가 달려옵니다

어쩌다 깜부기를 만나면
입에 털어 물고 하얀 이를 내보이며
희망을 투레질하던 보리밭이었고

먼 들녘 건너온 바람줄기가
쏴아~ 몰려와 등줄기의 땀을 말리면
무작정 달리고 싶던 보리밭이었습니다

청보리가 누렇게 익을 무렵이면
황금빛 그 짙은 모습에
황홀한 풍경을 담고 싶어 캔버스를 챙겼고

아주 어릴 적 외삼촌의 보리타작
도리깨질이 멈추고 잘 쓸린 마당에
멍석을 펴면 정겨운 시골밥상이 차려집니다

찐 감자 냄새가 풍기는 오뉴월 되면
맑고 낮은 별빛이 반딧불처럼
높게 쌓인 보릿단 그 위에 떨어지고 있었습니다

오월에 떠나는 만행晚行

아침에 일찍 산책 나온 그녀는
돋아난 나뭇잎 새 잎을 찬찬히 바라본다

그 이파리와 꽃술을 보노라면
신록 속에 인생이 있다고 했다

추울 때는 알몸으로 추위를 이겨냈고
더울 때는 땀방울로 씨앗을 잉태했으리라

늦은 흐름으로 오월의 온 널판으로 가는 길
자연의 소리 가운데에 나도 어울려 있다

봄이 천천히 우리 곁을 지나간다
그리고 지나는 길을 나 또한 봄처럼 걷고 있다

제4부

하늘 모퉁이

흉터

기다리다 지쳐
머리에 떠오르는 생각
'누굴 믿어'
허전한 마음에 이는 배신감이 크다

약속시간이 지나고
하마 올까 기다리다

비치는 생각은
'이 세상에 믿을 놈 하나 없네'
맞는 말

'기다린 내가 바보야'
순진한 마음에 또 하나의 흉터가 생긴다

그리움이 크면

개나리가 온통 노랗게 핀 날이면
그리움이 너무 커서 원망스럽고
서러운 마음에 나를 잊기로 했습니다

주변에 사진도 전화번호도,
얼굴도 잊고 싶어
잊혀진 사람이 되기로 했습니다

노래도 잃고
대화도 싫어
무심無心 속에 지나는 바람이고 싶습니다

살다 보면
그대도 그리움 속에
자신을 잊고 싶을 때가 있을 겝니다

노안老眼

시집詩集을 읽다
시간도 못 되어
시집詩集을 덮는다

노안老眼! 이라
돋보기를 썼고
루테인도 먹고 있지만

침침해지고
글씨가 아물거려
안경을 벗어 놓고 지그시 눈을 감으니

머릿속이 황량하다
한 줄도 남아 있지 않은 시구
역시 때가 있는 거야

어설픈 웃음이
가슴을 헤집는다
젊었을 때 맘껏 읽을 것을 그랬어

그날

표정이 없던 날
누구의 생일도 아니고
결혼기념일도 아닌
그리하여 아주 평범한 날
중간이 잘린 어느 날 나는 거기에 있었다

쌀국수집인가 낯선 말소리에 어색하게
진한 외국의 냄새가 혼란하던 날
지독한 치통에 배가 무척 고팠지만
마시는 일 외에 먹을 수가 없었다

꿈을 꿨다
하롱베이의 잔잔한 물결이 내 몸을 적시고
내가 전에 왔던 야자나무 숲과
아오자이가 날리던 남국은 아니지만

흘깃 스쳐가는 기억 속에
꾸멍 고개를 넘는 일번도로의 아스팔트가
길게길게 뚜이퐁 반도로 뻗고 있었고
랑이 화채를 들고 화사하게 아오자이를 날리며
스콜 뒤에 영롱한 무지개가 뜨고 있었다

그래비티 여행

남들은 나를
누구라고 부르지만
나는 누구를
나라고 생각하지 않는다

나는 내가
누구인지 모르기에
잃어버린 나를 찾아
우주의 공간을 헤맨다

내가 진정한 나를 찾았을 때
모든 의혹이 사라지고
내가 갈 길이 뚜렷해지겠지
그래서 오늘도 그래비티*를 헤매고 있을지도

온 널판을 유영하며
나의 영혼은 어디에 머물지 모르지만
한 가지 뚜렷한 것은
내 생각이 미치는 곳 그곳을 알고 싶다

*그래비티 : 지구로부터 372마일 떨어진 아름다운 우주공간

모형비행기

높게
아주 높게 올라
동해와 서해를
동시에 바라보며 멀리 날고 싶다

아프리카의 정글 위를 지나
남극의 설산도 보고
남태평양의 섬들을 지나
하늘과 수평선이 맞닿은 대기권까지

높은 성층권까지 올라
구름과 바다와 하늘이
어우러진 아래에는
배도 하늘을 나는지 하늘도 바다 같다

흰빛 날개를 흔들며
공중곡예로 무료함을 달래고
주름진 알타이산맥을 넘어
밤풍경이 화려한 유럽 대륙으로 가고 있다

돈벌레의 고백

미실현 이익에 현혹되어
가진 돈 몽땅 털어 부동산에 쏟아 붓고
배부른 꿈을 꾸다 알고 보니 아차 실수
욕심에 눈 어두워 바른 말은 듣기 싫고
권모술수에 넘어가 제 발등을 찍었네

멍청하다 어리석다 한탄한들
머리는 점점 복잡해지고
절친한 친구에게 하소연하지만
이제 와 생각하니
흘려 버린 친구의 말이 모두 옳았구나

다툼의 분쟁은 싫다마는
어쩔 수 없는 일
가압류, 준비서면, 반증자료, 녹취록
생소한 재판용어에
다시 한 번 배우는 기분

신중한 결정이란 생각이 함정인 줄
내 발을 스스로 묶이는구나

마음이 조용하면 세상일 다 보이거늘
들끓던 가슴을 이제라도 추슬러야
반복되는 어리석음 다시 하지 않겠지

또 다시의 긴 여행

천상의 음악이 들려오면
떠나야 하는 운명
가는 길을 알 수 없어
덮인 눈꺼풀 뒤에서
눈동자가 한동안 방황을 한다

서서히 귀가 닫히고
정신도 점점 희미해지면
긴 한숨 끝에 심장박동이 멈춘다

몸덩이도 온기를 잃으며
차갑게 경직되기 시작하면
혼백은 어디로 가는지
구름도 개이고
밝은 햇볕이 내리면 좋겠고
꽃잎을 조용히 스치는
훈훈한 바람이라도 불면 더욱 좋겠다

내원궁을 들지 못했는지
어디선가 갓 태어난 아기울음소리가 우렁차다

고향친구를 생각하다

너와 내가 사는 동네
서로 이웃해서 너와 내가 있다
먹고 자는 집은 같지 않아도
하루를 숨 쉬고 놀던 곳
생각나면 언제라도 볼 수 있는
그곳에서 너와 내가 살았다
어제는 네 생일
오늘은 내 생일
같이 음식도 먹고
같이 크던 동네를 고향이라 했다
해 저무는 저녁이면
석양주夕陽酒라도 나눌 수 있는
친구는 모두 어디로 갔는지
진수성찬은 아닐지라도
마음을 주고 받는 훈훈함에
서로를 걱정해 주던 고향사람들
이제 돌아가 너와 내가 옛이야기하며
또 다시 함께 사는 게다
잘 자게 내일 또 웃는 얼굴로 만나며
지새울 밤을 그리워하자

또 하루가 간다

그녀는
항상 표정 없는 얼굴로 왔다가 갑니다

무엇을 말하려는지
무슨 생각을 하는지
도무지 알 수 없는 것은
그녀 역시 바람이기 때문인가 봅니다

오월의 나긋한 어느 날
살아 있다는 실감보다

숨을 쉬고 있기에
배가 고파 오기에
숨도 쉬고, 먹고 나면
또 다시 아무 느낌 없이
의미 없는 하루를 보내는 거죠

해가 저물면 잠들어야 하는
또 하루가 바람같이 지나갑니다
나무가 싹을 틔우고 꽃을 피우며

열매를 맺고 단풍이 들고
서리에 잎을 모조리 떨구듯
그렇게 살다가 가는 것이죠

남해를 지나다가

정강이가 젖을까 봐
허벅지까지 걷어 올리고 서서
묵묵히 기다리며 서 있는 모습이
외로워서 바닷물에 물장구를 친다

철석~ 철석~
가슴이 시원토록
끝없이 파도를 일군다

낙조에 물든 네 얼굴에는
마음이 급해진 아낙들이
고기잡이배를 기다리는지
처음 올 때는 뼈저린 슬픔을 몰랐다

한 해 두 해 살다 보니
갯벌과도 친구가 되었고
기다림도 이제 길들여져
파도의 울음에도 슬퍼하지 않는다

돌담 고샅을 도는 바람이

봄을 보내고 여름을 부를 때
아낙은 서방이 없는 것을 알고
마늘밭을 가꾸며
동백꽃 피는 언덕에 묻히기로 했다

기차여행

한 때는
앞으로 나가는 것만이
최선인 줄 알았는데
모든 것이 뒤로만 간다

성당의 둥근 지붕도
슬피 홀로 선 비석도
검은 그늘을 뒤집어 쓴 인삼밭도

밀짚모자를 눌러 쓴 허수아비도
심천역에 줄선 가로등도
서포리의 둔치도

떠나가신 부모님의 얼굴도
중학시절 기차통학에
죽은 친구의 얼굴도
젊은 내 청춘의 웃음도

가다 보면
터널도 지나고

철교도 지나지만
나이 먹은 서러움도 뒤로 가면 좋은 것을…

젊은 날
내가 탄 배가 타이베이를 지날 때
거기
썸머 타임의 애절한 음악이 흐르고 있었다

금광지*에서 · 1

산 그림자가
풍덩 빠진 호숫가에

나룻배는 한가하게 떠 있고
지나는 바람도 살랑 내민 가슴

어릴 적 곱게 꾼 꿈을
진한 커피에 적신 오후 찻집

달콤하고 구수한 향에 젖어
들장미 넝쿨진 백년의 성문을 연다

언덕을 오르던 상쾌한 피곤이
다리에서 빠져 나갈 즈음

밉지 않게 눈총을 받을
나의 성으로 발을 옮긴다

*금광지: 내가 사는 곳에 금광호수라 부르는 저수지가 있다.

금광지에서 · 2

잔잔한 물결에
시선을 던져 놓고

고요의 시간을 보내면
물위에 백구의 그림자도 지나고

나를 실은 바람아
물결 저 끝까지 불어다오

뒷동산 솔향 풍기는 마을
멍멍이 꼬리치고 접시꽃이 필 게다

구름꽃 피는 밤나무 숲이
유월을 더듬어 안는 호숫가에

동그라미 그리는 송사리 떼
노을 지는 하늘이 잠겨 있네

내 고향 호수처럼

이모님 댁

콩밭 콩잎이 왜 둥근지 몰랐어요
어머님의 이 빠진 모습이
왜 부끄럽지 않은지 몰랐어요
이가 없는 고통을 내비치질 않아
우리의 배만 생각했어요

어머니를 생각하면
닮은 이모가 떠오르지요
이모님 댁은 수북리 행길가에 있었고
행길 쪽에는 툇마루와 송방이 있었지요
송방에는 붕어들 미끼로 사탕과 과자 기다리고 있었지요

장날에는 막걸리에 고사머리로
툇마루 물가는 하루 종일 붐비고
금강은 푸른 강줄기 하루를 길다 않고 보냈지요
흙먼지 날리는 비포장도로에
버스가 가물거리도록 달리면
저녁연기 따라 휘적휘적 돌아왔지요

밤하늘 별들이 초롱초롱 빛나는 밤을 지새우고

엄마 모습 그리워 이모 집을 떠납니다
방학이 끝나 집으로 갈 때도
군에 입대 전 찾았던 이모님 집
지금은 안 계시듯 마을마저 없어졌네요

이모님
군대 다녀왔습니다

또 다시 가고 싶다

동해 푸른 바다가 그리워
무작정 38도로를 따라 동으로, 동으로 갔다

가는 길에
남한강의 목계다리를 건너서
동강을 지나 서강을 만나고
태백의 시루봉 너머
너와마을에서 잠시 숨을 고른다

메밀부침개와 산채비빔밥으로
점심식사를 한 뒤에
부남바닷가에 다다르니
거기에 설레는 그리움이 소복하다

푸른 공기를 맘껏 마시고
태평양에서 밀려오는 소식을
한 아름 가슴 가득 안고
해가 지기 전에 천둥산을 넘고
서쪽으로, 서쪽을 향해 돌아간다

내일부터 또 다시
동해의 호젓한 어촌
부남의 바닷가 백사장과 갯바위가
꿈속에서도 그리울 게다

하늘 모퉁이

지는 가을이 미워
길섶에서 앵돌아져
붉은 입술 삐죽이는
자국紫菊이고 싶다

금광지 깊숙한 하늘 모퉁이에
갈참나무 숲을 뒤로한
회색빛 지붕에
하얀 벽인 이층 집

여러 개의 들창을 열고
바라뵈는 호수에
긴 여운을 남기며
미끄러지는 원앙이고 싶다

산 그림자 지는 호수의 저녁녘
잔물결이 반짝이는 물결들을 주워 모아
그리운 당신 모습이 모자이크 되면
영원히 사랑하는 당신의 그림 내이고 싶다

제5부
바람이 주고 간 말

MRI 촬영

눈 가린 검은 터널
인조인간처럼 누워 들어간다

내 속이 몽땅 드러난다
부끄러운 마음까지 드러나면 어쩌나

길게는 40분이 한나절 같은데
촬영 끝이 한순간 같아 어찌나 간사한지

임진강

잘 갈린 보검 한 자루
푸른 빛 냉기마저 감도누나

검무의 황홀함이여
핏빛 낙조의 외로움이여

갈대숲 머리 위로
흰 구름만 흘러가네

동짓달에

긴 세월을 살아오는 동안
또 한 해가 서서히 저물어 간다

새 삶을 위해
단단한 각오를 해야 한다지만
내겐 그런 각오가 필요하지 않나 보다

남은 인생
평범하게 살면 되고
비운 마음에
허허롭게 편하게 살면 되는 게다

붉게 물든 그믐의 저녁노을
어제가 내일인 것을
스쳐가는 생각에
옛 각오처럼 마음을 적시네

어깨를 내드리고 싶습니다

당신 힘들어 일어서지 못할 때면
두 다리가 힘이 없어 일어서는 데
안간힘을 쓴다면 냉큼
말없이 어깨를 내드리고 싶습니다

세상살이에 지쳐 곤할 때에
잠깐이라도 기대어 설 수 있는
휴식이 필요할 때면
포근한 어깨가 되고 싶습니다

작은 힘이라도 도움이 된다면
나를 짚고 일어나십시오
잠시라도 기대어
눈을 감고 편히 쉬십시오

오늘은 그대에게 그늘을
만들어줄 큰 나무가 못 될지라도
언제인가는 흐뭇한 사랑이 샘솟는
커다란 그늘이 되고 싶습니다

지금은 여름숲이다

바람이 불어도
소리 없는 흔들림
멀리로 보이는 한여름 숲이 그렇다

고요 속에
조용히 돌아보는 나
텅 빈 가슴에 차오르는 옛 생각

어린 시절이
혼인 전 젊은 날들이
그리고 그 뒤에 살아온 날들이다

겹쳐진 과거 속을
그리운 가족들과 가버린 정든 사람들이
늙어버린 세월 속에 소리 없이 흔들린다

다시 가고 싶은 곳
다시 살고 싶은 날
그 속에서 모두가 밝게 웃고 있다

망초꽃

망초는 흰 꽃만 피는 줄 알았는데
옅은 보라색 꽃도 피우네그려

멀리서 보면
메밀밭이지 싶고

가까이 가서 보면
님이 거기에서 웃고 있고

옥계 깊은 골에
내 님과 함께 있었다네

동해의 푸른 바람 맞으며
거기에 살고 있었다네

춤바람

봉건주의 사상이
사라져 갈 무렵
춥고 배고프던 시절이다

늦은 밤 동내의冬內衣 바람에
큰방에서 부부가 함께 서양춤을 추던
멜로디의 여자는 92세에 갔다

부자 동네 은행동
집에 불던 용이 엄마의
치맛바람은 어디로 갔을까

100년도 못 사는 세상
그녀의 젊은 추억이 잔잔히 사라지며
늙은 그녀의 아들도 세월을 잊은 지 오래

우울증

늦은 봄날도
때로는 쌀쌀할 때가 있다
정말 기온이 낮아서 그런 건지
마음이 허해서 추운 건지
도무지 알 수 없는 잿빛 하늘 아래
삶에 지치고
중풍에 걸린 노인들같이
으스스 떨리는 사지는
바람에 시달리는 나뭇가지가 된다

밝게 생각하고
밝게 웃으며
씩씩하게 운동하면
우울증세가 호전될까
경쾌한 음악을 들으며
푸른 잎사귀에 마음을 싣고
강한 의지를 품어 본다
푸른 바다가 보고 싶어
동해로 달려가 오늘의 우울증을 날려 보자

힘이 없다

늙은 몸은 힘이 없다
마음대로 움직이지 않는 몸
큰소리로 고함친다고
겁내거나 돌아보는 사람도 없다

그러기에
제풀에 꺾이는 생각들
존재를 잊고
마음을 가라앉혀 평정을 찾아야 한다

이빨 빠진 호랑이라던가
내세울 것도 없고
아물지 않을 상처를 핥을 뿐
조용한 곳을 찾아간다

강추위에도 알몸에 냉수욕을 하며
달리기며, 던지기도 누구보다 앞섰던
팔씨름도 져본 적이 없던 세월에
고된 훈련도 해냈던 그때 생각이 가물다

바람이 주고 간 말

세상 위로 수없이 쳐진 그물 위를
사뿐사뿐 걸어가는 걸음마다
파도처럼 흔들리며 출렁이는 세상
잔 파동에도 흔들리는 나그네는 늘 외롭다

어디선가 들려오는 산새소리에
잊었던 기억이 되살아와
가슴이 찢어질 듯 외로운 황혼녘에
목울대 치미는 격정은 원망이 아니다

지내온 세월이
몹쓸 꿈이라면 좋겠다
깨어나 모두가 바라는
마음 편한 세상이면 참으로 좋겠다

잊었던 사랑이 다시 오고
어리고 어린 시절로 돌아가
환희와 기쁨이 꽉 차던 가슴 벅찬 시절
맑은 얼굴에 활짝 핀 꽃으로 다시 피어오라

까칠한 날

구름아 너의 향기는
있는 듯 없고
없는 듯 있으니
오늘처럼 까칠한 날에는 너를 닮고 싶다

굴참나무 주름진 피부는
생명이 있는 듯 없고
없는 듯 있으니 어제처럼
까칠한 날에는 너를 안고 싶다

바람이 싸늘하여
소매에 이는 추위가 들락거릴 때면
빈 호주머니 잊고 소주 한잔 걸치고 싶은 날
어미의 얼굴이 추운 마음을 더욱 시리게 하고

구름도 내려앉고
굴참나무도 빈 하늘에 고개 숙여
가을을 보내야 하는 긍정의 마음
어설프게 남은 가을 숲에 안기고 싶다

구제역이 일던 날

헐레벌떡
구제역 발생지역에
출장을 갔다 돌아온다

지시서대로 보고서를 작성한다
확인차 현장에 가고
담당직원의 보고를 받는다

문제를 분석하고
대책을 세워
건의를 한다

살처분된
녀석들의 무덤에서
비명소리가 환청으로 들려온다

무엇이 잘못된 것일까
초원에 살게 하면 좋았을 걸
먹고 사는 일 인간의 욕심이런가

삼천포 앞바다

언제인가 젊은 날
사랑을 찾아 삼천포 앞바다에 갔다

바다에는 소나무가 빽빽하게 들어선
섬들로 이색적인 풍경에 가슴이 설레었고
조그만 배를 타고 무인도에 올라가니
죽방멸치를 삶던 초막이 있었다
갓 삶아낸 멸치들이 푸짐한 잔칫상같이
바다를 부르던 멸치와 꼴뚜기들이 섞여
모래사장에 펼쳐진 멍석에 널려
내리쬐는 태양빛이 쏟아지며 하하 웃고 있었다

청정바다는 수시로
시간마다 얼굴의 표정을 바꾸며
월남을 향한 배에는
전투를 잊고 여행하듯 평화롭던 그때가
일기장을 채웠고
열대의 뚜이퐁 반도 야자나무 숲과
하얀 백사장을 낀 푸엔성 앞바다가
여기 삼천포 바다처럼 맑고 깊었다

바위에 붙어 자라던 홍합들이
서로 키재기를 하며 세월을 엮고 있었고
오래도록 기억에 남을 줄 그때는 몰랐었다
자리를 같이했던 사람은 가고 오지 않는데
켜켜이 쌓인 목소리가
파도소리에 싸여 밀려오는 그리움
뜨거운 백사장에 발을 묻기도 하고
바닷물에 다이빙하던 그 시절이
어쩜 한 폭의 그림으로 내 머리 속에 남겨지겠고
오늘은 마른 꼴뚜기 안주에 초여름을 자축해야겠다

리드의 향기를 따라

부들과 갈대가 우거진
습지의 하늘이 푸르다
묵은 바람을 삼키고
마음을 온전히 비워
하늘의 소리를 품는다

사는 동안
슬픔을 그대로
기쁨도 그대로 삭히며
허하면 허무한 대로
다듬어진 소리를 간직한다

몸에 향을 바르고 나서
리드*라는 이름으로 환생하여
목소리가 다할 때까지
새로운 삶을 살았고
지난날이 그리워질 때마다
입술을 적셔 악보를 탔다

예술제의 화려한 무대에서도

복역수가 있는 위문공연에서도
군부대의 환호를 받으며 때로는
밤하늘을 타는 홀로의 목소리가
숱한 날 가슴 적시던 리듬이여
오늘도 갈대의 숨결에 고마움을 실어 본다

*리드 : 갈대로 만든 목관악기의 소리를 내는 떨림판

곶감

여린 햇빛을 먹고 마른 곶감이
아직 창고에
먹을 만큼 남아있으면
태평한 겨울밤이었는데
들락날락할 때마다 줄어든 곶감들

오랜 세월
마냥 풍족하리라고
그 믿음이
깨진 거울처럼 금이 갔다

할머니 젖꼭지같이 시들었어도
달달하고 쫀득한 감촉이
잠잘 때 늘 만지작거리던 곶감 조각을
머리가 쉬어버린 늙은 손자는
오늘도 잊을 수 없다

한겨울 따스한 아랫목에서
들려주던 할머니의 옛이야기
출출하던 입을 달래주던 곶감이었다

항아리에는 홍시가 있고
고욤이 단내를 삭이고 있어도
벽장에 넣어둔 곶감이 있어도
지금도 할머니 모습을 그리워하고

아침운동

나는 고혈압에 당뇨환자다
오래 살려면 운동을 해야 한다
걷기운동을 하리라 맘먹었는데
진달래가 지고, 목련도 져도
이 핑계 저 핑계로 오월이 되었다

이팝나무 꽃과 아카시아 꽃이 한창
부드러운 바람결에 아침운동을 나섰다
복숭아 꽃 피는 과수원 길도
배나무 꽃이 싱그러운 길도
작년 봄에는 빠지지 않고 걸었던 길
올해는 너무 늦어 버렸다

아침 꿩소리를 듣고
소쩍새와 검은 등 뻐꾸기의
애잔한 노래에 호젓한 길을 걷는다
숲에서 풍기는 상쾌한 향기에
지금부터는 빠뜨리지 않기로
단단하게 마음을 굳히는데
한 시간도 안 돼 다리가 풀린다

피곤하면 쉬었다 가자
가다 보면 오늘의 운동량은 마칠 게다
돌아가는 길에
산비둘기 떼와 소쩍새의 울음이 귀에 쟁쟁하다

망중한

소나기구름이
곱게 피어오르고
꽃잎을 책갈피에
눌러 놓고 싶은 여름

귀찮게 구는
파리 한 마리
파리채를 들자마자
횡~ 날아가 버렸다

파리 녀석이 훨씬 빠르다
허망한 것
그래 다 오지 마라
오면 큰일이 난다

그래도 빈틈을 찾아
몰래 찾아들겠지
언제나 늘 그랬듯이
깊은 여름 날 또 하루가 간다

느티나무 그늘 밑에서
풋고추를 안주로 된장 찍고
시원한 막걸리 한잔 마시니
부채질로 산들바람에 신선이 된다

제6부

바람의 언덕길

깃털

바람이
불지 않아 늦었습니다

등 떠밀려
여기까지 왔습니다

올해로
일흔하고 일곱 살입니다

아직은 바람 타고
조금은 더 높이 날고 싶습니다

낮달

모두가 고이 잠든 새벽에
눈 비비고 일어나더니
결국 지각생이 되어
부끄러움에 빛을 잃은 낮달이 되었구나

밝은 빛에 가려
풀꽃처럼
무심히 지나는 세월
오늘 따라 어이하여 낮달에 마음을 둘까

모두가 때가 있듯이
흘러가는 인생도 때가 있나 보다
어린아이들이 재잘대는 놀이터의 오후
하얀 낮달이 하늘 높이 떠가며 내려다본다

나룻배가 있는 풍경

새벽을 맨 처음 여는 너
첫닭 울음보다 먼저였고
시골교회의 낡은 종소리
산사의 법고와 목어의 깨우침보다 먼저였다

호수의 물안개가 피는 아침
원앙의 고기잡이보다도 이르게
산딸기보다 더 고운 햇살은
어두운 가슴속을 뚫고 밑바닥을 비치는 설레임

뼈저린 아픔도 없고
몸서리칠 만큼의 기쁨도 없이
차분하게 이는 물결을 따라
고개를 끄덕이는 나룻배의 여명이다

까치밥

두리번거리던 까치가
까악, 까악, 까악 세 번 울었다

먹음직한 먹거리를 찾았나 보다
눈밭에 달린 빨간 찔레나무
열매가지가 화려하다

사람들은 이를 보고
까치밥이라 불렀고
탐스런 열매가지를 꺾어다
방을 장식한 어린 시절 추억이 솟아난다

모양대로 수를 놓거나
그림을 그리면 참 좋겠다
까치까지 그려 넣으면 더욱 좋겠고
눈 온 날이 포근하다

세월도 잘도 가는데

이제 곡괭이로 찍어내도 될 법한
세월이 굳어 버린 채
찬란했던 빛을 잃고 있다
힘없이 스며나는 눈물에
햇볕 한 방울이 떨어져
반짝이다 소멸되는 시기다

새로운 각오가 필요치 않는 나이에
오고 가는 세월을
의미 없이 흘려 버리고
무덤덤한 시간을
애처로워 할 틈도 없이
하루해가 짧게 지고 만다

인생의 후반야는
이렇게 왔다 가는 것인지
초점 잃은 바람 봄에
기러기 떼가 빈 하늘을 가로 지르고
차가움이 어깨를 시리게 한다

무의미한 날

날이 끄무레하고 칙칙한 날
달달한 무엇이 먹고 싶어
어제 사다 놓은
허쉬 초콜릿 하나 집어든다

기분이 우울하고
보던 책도 되풀이를 몇 번
다시 읽기 시작하는 구절이 싫증이 나면
먼 기억 속으로
튀어나오는 버릇처럼 개운치 않는데

초콜릿의 달달한 맛에
잠시 잊어버린 버릇
악마의 유혹이라 했던가

조용한 시간을 깨는
카톡 알림소리로 되살아나는 배신감
읽던 책을 덮고 끈기 없는 하루가 된다

햇빛이 맑은 양지가 그리워지는 오후다

영혼의 고향을 찾아

허물을 벗어 우화하듯
나 또한 껍질을 벗고
경건한 모습으로
찬드라를 따라 아득한 세상으로 가리라

내가 온 곳
빛이 사는 그곳을 향해
긴 여행을 떠나리라

가다 보면 처음 떠난
보이저의 발자취도 볼 게고
처음 발견된
해왕성의 열 번째 달도 만나며

수많은 별을 지나
처음으로 듣는 펄서부터
우주에서 오는 소리를 들으며
영혼이 사는 곳을 찾아 가리라

도자기 요窯

일천삼백 도의
숨결이 이어지는 생명
첼로의 현이 잠긴
어머니의 둥근 뱃살

뜨거운 열을 먹어 토하질 않는
끓던 우렁이 된장 뚝배기
백자의 달사랑 남긴 얘기
청자가 남긴 신비의 보석

흙의 혼
불의 혼
하늘에 빌고
땅에서 얻은 민족의 혼

환원염
산화염의 빛은 달라도
이 땅의 흙이 빚은 도공의 눈이요 마음이다
정성어린 가마의 불은 밤새도록 훨훨～～

*이천 세창도예연구소 '흙에서 빛으로'

치통, 관절통으로

어금니 뿌리 속에서
그대의 잔소리처럼
날카로운 송곳 끝으로
톡톡 쏜다

왼 무릎 슬개골 밑이
쑴벅쑴벅 아리고
쏙독쏙독 갉아대는
고문같이 밤새 괴롭힌다

밤새 보채는 고통에
어느 날 그리움이듯
아픔을 되새기며
날이 새기만 기다린다

평소 무관심이 쌓인
깊이를 알 수 없는 얼음판
하얀 위생복이 절개를 위해
천사의 날개같이 팔랑거린다

감나무에 이는 바람

연약하기가 내 여인 같아
부러져야만 새로워지는 운명
아픔을 잊고
찢은 상처에 고운 새잎이 돋는다

화려하지 않게 꽃을 피운 날
또 하나의 앳된 전설을 남기며
밝은 햇살에 건강한 얼굴
반짝이는 그대는 언제나 내 사랑

찬바람에 견딜 수 없어
터져 버린 살갗마저
가난한 집 여인의 겨울처럼
하얀 쌀뜨물에 씻겨주고 싶다

그래도 세월이 가다 보면
푸른 날 가을 하늘이 곱게 드리우고
가지마다 주홍으로 빚은 선한 빛은
여름 내내 꾹 참고 살아온 꿈이었나 보다

언젠가는 나도

봄 햇살에 생기가 돌면
어느새 호흡이 깊어지고
목련, 진달래가 먼저 웃고 간 뒤를
나도 따라 화사하게 꽃을 피우고 싶다

가지마다 가득하게
꽃을 달고 싶은데
아직 때가 이른 것인지
아픈 기억이 사라지지 않은 것인지

탐스럽지 못하고
몇 잎 안 되는 꽃잎이 실망스럽다
마음은 붉은데
나의 꽃잎은 희게 햇살을 받는다

언젠가는 예쁘게 화장한 얼굴로
가득한 꽃가지를 뽐낼 수 있으리라
오늘은 섭섭해도 꿀꺽 삼키고
푸른 잔디밭에 새로운 희망을 그려 본다

팜랜드의 여름풍경

갈대 쉼터를 지나
바람의 언덕으로 가는 길에
코스모스 꽃이 피었다

아직 가을이
멀리 있는데 조바심에
가녀린 코스모스가 꽃을 피웠다

이 길을 걷는 많은
사람들은
어떤 추억을 간직할까

신이 맨 먼저 만드셨다는 꽃
코스모스
바람에 흔들리는 모습이 애잔하다

마루나무 잎사귀의 속삭임에
여름은 점점 깊어만 가고
세찬 매미소리가 들려올 게다

바람의 언덕길

바람의 언덕에서
기다리다 지친 코스모스가
조바심으로 가냘프게
이른 꽃을 피웠다

연분홍 꽃잎
자주색, 흰색
그리고 진분홍빛으로
바람에 나부끼는 소망을 가졌다

높고 파란
가을 하늘은 아직 먼데
여름이 가기도 전에
가을을 준비하는지

그대에게 줄 꽃다발같이
해바라기 노란 웃음에
여름은 한창 익어가고
바람의 언덕 실바람에 나부끼는 풀잎들

달따냥의 꿈

올 나이 열다섯 살 달따냥*은
칠월의 햇살 아래에서
서서 잠을 잔다

바람이 휘감긴 갈기에는
초원을 달리던 꿈이 서리고
끝없는 지평선이 멀리서 손짓을 하는데

살아온 날들이 가물가물하고
초롱초롱한 호기심으로 살며
'쇼'에 출연하지만 이제 늙어 힘이 없다

웃음소리,
박수소리가 요란해도
잠시뿐 마음은 비워지고

푸른 초원을 달리던
꿈을 꾸어 지그시 눈을 감는
달따냥은 오늘도 서서 잠을 청한다

*달따냥 : 안성팜랜드에 있는 말 이름, 말 나이 15세는 인간 나
이로 60세.

이팝나무 꽃

아카시아 꽃이 필 무렵이면
흰 눈꽃(치오난투스 레튜사)이라 했나
하얀 솔꽃(푸린지 트리)이라 했나
우리는 너를 이팝나무 꽃이라 했다

취나물, 홑잎나물, 다래 순을 따서
보릿고개를 허덕허덕 넘던 시절
돌담 옆에 서서
반겨주던 하얀 쌀밥이 소복하던 꽃

가난은 가고
풍요로운 시절이 되었지만
마음은 꽃피우던 그 시절만큼
평화롭지 못해서 그리운가 보다

올해도 이팝나무 꽃이 피어
풍년을 점치기에 어렵지 않은데
가신 님들은 고이 잠들고 계신지
검은 등 뻐꾸기소리*에 봄은 가고

*검은 등 뻐꾸기 : 일명 '됫박 바꿔새' 라고도 부름

겨울잠에 비치는 것

한겨울 일요일에
나는 겨울잠을 자며 꿈을 꾼다

언제인가
찾아갔던 둥지가든의 평화를 맛보며
시래기 말리던 추녀 밑에
고드름의 슬픈 눈물이 오후를 적시고 있었다

커다란 바위 밑의 양지에는
봄이 자라고 있고
소沼 품던 버들개지에도
은빛의 희망에 겨울을 보내고 있었고

앙상한 나무를 뚫고
보금자리를 지었던 수리부엉이 부부가
나이가 많은 외사촌누이의 부부같이
보온이 낮은 시골집처럼 을씨년스럽지만

토굴에 웅크린 반달곰이 되어
싹을 감춘 나무들과 함께
모든 것이 지나고 나면
설레는 겨울잠에 봄바람이 불 듯 그리움이 필 게다

겨울 고양이

밖은 찬바람이 쌩쌩 불어도
따뜻하고 조용한 곳에 있으면
졸음이 찾아온다

잠깐의 평온과
찾아드는 행복감
따스한 화롯가가 그렇고
보온덮개가 깔린 아랫목이 그렇다

그래서
나는 웅크리고 앉아
눈을 가늘게 감고
조는 고양이가 된다

어느 날 아궁이 앞에서
앞머리카락을 그을리고
이발소 의자에 앉아
가위질 소리에 끄덕이던 고갯짓

그때가

참으로
조용하고 행복한
고양이가 된 시간이었다

내가 그린 겨울풍경 · 1

눈 덮인 보리밭에
골을 따라 찬바람이 불어도
아주 춥지 않은 것은 봄이 가까운가 보다

손발이 얼고 귀가 시려도
방물장사를 나갔던 엄마를 기다리듯
차가운 바람에 떨며 봄을 쫓고 있다
낮에 수십 번 녹았던 눈이 투명하게 얼어
눈과 함께 겨울 햇볕을 반사하여 눈이 부시다

보드라운 토끼털 귀마개를 하고
회색빛 무명 솜바지저고리에
분홍색 조끼를 입은 사내아이가
맑은 눈동자와 발그레한 볼에
씩씩한 웃음을 띠우며 요정처럼 고운 봄노래를 불렀다

눈밭에 튼튼하게 얼굴을 내민 보리 싹과
마늘 싹이 꿋꿋하게 서 있고
사이다처럼 상쾌한 맑은 겨울 날
낙엽 속에선 망초의 연푸른 애기 잎이
고사리 같은 손을 펴고 양지녘에 봄이 자라고 있다

내가 그린 겨울풍경 · 2

봄이 가까우면
제일 먼저 눈을 뜨는 것은
얼음이 녹아 흐르는 계곡의 버들가지일 게다

해살에 몸을 쪼이며
은빛 보드라운 실로 방울방울을 맺어
잘잘거리는 물소리에
발장구치듯 하늘거린다

잎이 피기 전
노란 동백은 폭포수 옆에 기댄 채
맑은 향기와 노란 꽃술로 봄을 그린다

응달에는 아직 녹지 않은 얼음에
긴 겨울의 꼬리가 희끗하게 묶여 있고
일찍 잠이 깬 산개구리의 유영에서
생명의 신비가 봄을 부른다

조금 있으면
알싸한 달래도 나올 게고
진달래와 함께 홀아비바람꽃이 반갑고
양지녘 돌담 밑에 쑥향이 피어날 게다

내가 그린 겨울풍경 · 3

함박눈이 내리던 날
눈사람이 감기에 걸렸는지 콧물이 얼었다
목도리를 둘러주고 발간 모자 하나 씌워주면
사철나무 밑이 따스하게 보일 거다

처마 밑에 고드름이라도 달리면
훈훈한 풍경에 어린 가슴은
마냥 즐겁고
할아버지 역시 화한 웃음이다

캐롤송이 들려오면
교회당의 뾰죽한 종탑에 거룩함이 걸리고
수요일 저녁 등불이 켜지길 기다리는
신자들은 이른 저녁을 먹고 성경 책가방을 챙긴다

소복소복 천지에
내린 하얀 눈밭을
화이트 크리스마스에
행복의 촛불이 가슴마다 켜지는 축복

제 7 부

항재전장
恒在戰場

항재전장恒在戰場

언제인가
군軍작전 사무실에 걸린 현판
거기에는 '恒在戰場' 이란
꿋꿋한 붓글씨가 쓰여 있었다

결코 잊어서는 안 되는 일
전쟁이 끝났음이 아니라
언젠가는 다시 발발할
휴전임을 알아야 한다

그때를 위해
마음을 굳게 먹고 힘을 길러야 한다
정신을, 화력을, 장비를, 보급을
적보다 압도적으로 강한 힘이어야 한다

진정한 자유와 평화를
우리는 꼭 지켜야 한다
눈을 크게 뜨고 마음을 닦아
후손들에게 이 강산을 물려줘야 한다

제설작업

그때는 그랬다
먼 기억에 겨울의 전방생활은
제설작업으로 시작되고 제설작업으로 끝이 났다
아침식사를 하고
넉가래와 삽 그리고 싸리비를 들고 제설작업에 나선다
밤새워 내린 새하얀 산하를 보며
십여 리를 넘게 행군하여 맡은 구역의 도로에서
제설작업이 시작된다
보급로와 철수로를 확보하기 위한 겨울철 임무 중 하나
기지에서 십오 리를 떠나
차량도 행인도 전혀 없는 도로에 쌓인
눈을 치우고 이동이 쉽도록
책임구간의 절반을 확보하는 일이 오전 임무
눈사람을 만든다든지 눈싸움은 어림도 없다
귀대 후 점심식사를 하고 나면
오전 제설작업에 이어 오후 제설작업을 시작한다
겨울 해는 짧다 해가 지기 전에 마치어야 한다
말끔히 치워 놓고 귀대를 하다 보면
내려앉은 하늘에서 또 다시 눈이 내린다
내일도 어김없이 반복되는 제설작업을 해야 한다
그래도 씩씩한 행군을 위한 호루라기 소리가 높다

동면 저수지

983고지와 938고지의
쓴물을 받아먹고 태어난 저수지
봄이면 강태공의 세월 낚는 모습에
평강 봉래호와 두타연 소식이 궁금하다

정월 삼일에는
백두산부대의 스케이팅 대회가 열렸던 곳
예하부대마다 얼음 위에 텐트를 치고
가족들과 함께 응원도 드높았다

계급별 계주부터
지휘관 계주, 분소대장 계주
이등병부터 대령까지의 이어달리기
500m부터 5000m까지의 개인별 달리기까지

가족썰매타기와 외부의 번외경기까지 마치면
하루가 어떻게 지났는지 모른다
긴장도 잠시 잊고
단내 나는 하루를 보내면

나라를 지키는
본연의 임무로 돌아가라는 듯
저수지 위로 짙은 어둠이 내리고
매서운 찬바람이 나뭇가지를 울리고 있었지

1,220고지

원시림이 무성하던
천미리와 오미리의 숲속
궁노루가 뛰어 놀고
전쟁 후에 지뢰사고가 잦았던
한적한 곳에는
비목이 세워지고 슬픈 주검이 잠든
이름 없는 병사의 무덤들이
한을 달래고 있는지도 모른다
백석산에서 이어진 봉우리마다
고향으로 달려가는데
지금쯤 고향에도 밭갈이가 한창이겠다

오뉴월에도
난로를 피워야 할 만큼 추운 여름
북한강 건너 모택동 고지가 지척인
주접근로를 막아내야 할 1,220고지*는
오늘도 위풍당당하게 호령을 하고 있는데
젊은 군인들은 믿음직하고 씩씩했다
관측장교 노소위의 늠름하고 앳된 얼굴이
임무를 다하고 돌아간 자리에

또 다른 소위 한 명이 교대차 왔겠지
북한강 줄기를 타고 철통방어
멀리서 날아오는 북한의 확성기 소리에
대치된 긴장이 서리고 있다

*1,220고지 : 적 오성산과 연결된 접근로를 방어하고 있다. 이
후 평화의 댐이 같이 있음. 성실했던 노소위는 감사원 감사
위원이 됐었다.

983고지

북풍이 세차게 부는 겨울의 983고지
지금은 중동부의 주방선(FABA)이다

빈틈없이 지키겠노라 이를 악물면
멀리로 김일성 고지와
스탈린 고지가 버티고 서 있다
언제든지 꼭 찾아야 할 곳이기에
4년을 두고 치열했던 기억이
가칠봉 전투에 이어
저격능선,
피의 능선으로 각인된 곳

잦은 폭격으로
무릎까지 빠지던 흙더미에
타다 만 나무 등걸만이
차갑게 그 날의 전투를 말해 주고 있다

아우성의 외침이 사라진 적막강산에
한 떨기 피어난 야생화가 애잔한 것은
소식을 전하지 못한 채 눈 감은

젊은 병사의 혼 같아
보는 이의 마음을 무겁게 한다

대우산과 938고지를
옆에 거느린 983고지*의 위용
잊지 못할 전쟁의 상흔은
여기가 항재전장恒材戰場임을 말해 준다

*983고지: 중동부 전선에 있는 주방어선. 해발 983m의 고지
이름.

도솔산* 전투

도솔산자락 억새밭이 황혼에 물들 즈음
바위들의 착탄에 울부짖던 소리가
포성과 기총소사에 휩쓸리고 있다

해병대의 정신이 만들어진
귀신 잡는 해병은 여기서 태어나지 않았는가
총알이 튀고 널브러진 시체가 쌓여만 갈 때

적의 완강한 거부에 종지부를 찍으니
김일성 고지와 스탈린 고지로 철수를 하고
양구계곡과 펀치볼이 있는 해안계곡을 접수했다

안개가 자욱하게 깔린
펀치볼의 아침 풍경은
빈대떡을 부치는 듯 평화로운데

수많은 아군의 희생을 치룬 뒤
용감무쌍한 해병대의 전적으로
동해안을 수월하게 진격할 수 있었던

그날의 전투를 기리기 위해
목숨 바쳐 찾은 엄숙함이
바위틈에 살아 있는 노송을 늙게 하고 있구나

*도솔산 : 양구군 동면에 위치한 대암산과 대우산의 중간지점
에 있는 산. 해병대의 6.25 전적비가 세워져 있음.

보내온 사진 속에서

조명탄이 흐르고
포성에 흔들리는 월남의 밤
거기에 너와 나의 젊음이 숨 쉬고 있다

마을과 들에 우뚝우뚝 선 야자수
나지막이 억센 풀꽃에 둘러싸인 무덤들
사탕수수밭과 벼를 심은 논에
열대의 나라에 평화가 움트고 있었지

자전거를 타는 아오자이의 하늘거림
샌들에 벌어진 발가락의 여인
까만 옷에 뻘링을 씹어 빨간 물과
까만 치아를 드러낸 늙은 여인의 웃음
구멍가게에서 마시던 위스키 콕의 짜릿한 맛

해변에 쏟아지던 햇살과
야자수로 우거진 뚜이퐁 반도
퀴논의 롱마이 창이 있던 시장에서
구불구불 오르던 꾸멍고개 그리고 빈탄

언젠가 찾아가고 싶은
킬러계곡의 혼 바산, 추라이, 붕타우
나뜨랑의 래드 비치의 풍경과
몽타나족이 사는 동수안, 주둔지 찌탄, 빈탄

그림처럼 지나가는 그 시절이
네가 보낸 사진 속에 살아있구나
역시 지나간 것은 그리운가 보다

작전대기 짬의 시간에

아마도 육십여 년 전
월남전장에서 있었던 일이라네

작전대기 중 짬의 시간에
긴장도 없어지고
흐르는 시간이 너무 무료해
한 녀석이 위험을 잊고서
수류탄 안전핀을 뽑지 않은 채
몇 미터 앞에 굴려 놓고
M16 소총을 들어 수류탄을 조준한다

안 돼!
옆에서 엉겁결에 발길질을 해도
아직도 무슨 영문인지 모르는 녀석
총에 맞아 터지면 너만 죽냐
옆에 있던 병사들도 함께 당하지
등에서 한 줄기 땀이 흐르고
녀석도 얼굴이 하얗게 변했었다

스콜이 지난 후

짙푸른 바나나의 넓은 잎이 웃었고
스카이 크레인*의 굉음이
아직도 작전 중임을 깨닫게 하며
킬러계곡* 입구
혼바산의 하늘에 저녁놀이 평화스럽다

*스카이 크레인: 대포나 전차 같은 무거운 물건을 나르는 헬
    리콥터.
*킬러계곡: 베트남 중부에 있는 정글지대의 원시림. 이곳에서
    프랑스와 180년 간 싸웠다고 했다.

심재

진달래가 곱던 매바위를 지나서
밑으로
밑으로 흐르면
삼팔교를 지나는 설움에 목이 쉰다

서쪽으로 난 길을 따라가노라면
지금은 순두부로
어제와 오늘을 잇는
들기름 냄새가
고소한 조그만 동네를 지나면
휴가병들이 제일 싫어하던
성동검문소가 버티고 있었다

머리에서 지워지질 않는
한 단어 '돌파구 C' 형성
금학산과 연결된 작전 이름같이
감제하고 있는 적진 오성산의 위력이다

사향산, 국망봉, 여우고개
작전장교의 손이 빠르게 움직이고

머리 회전이 팽팽 돈다
서울을 사수해야 하는
임무가 절실한 설해목雪害木

*심재: 경기도 포천군 일동과 이동 사이에 있는 마을 이름.

베트남 전투에서

– 기지방어전

수상한 불빛과 소음 청취 방어를 위한 비상이 걸렸다
모두가 참호 속으로 배치가 끝나고
영거리사격*을 위한 전투준비도 끝냈다
눈을 크게 뜨고 전방을 관측한다
다가오는 적군을 발견하니 호흡이 빨라진다
소총에 실탄을 장전한다
노리쇠의 장전소리가 천둥보다 크게 들린다
총소리가 들리고 탄환이 빗발치듯 참호 위를 스친다
마대포탄! 듣도 보도 못하던 마대에 화약이 담겨진 채
뭉치가 진내로 떨어진다
어떤 뭉치는 장약호에 떨어져 화재가 났고
배가 복어처럼 부푼 불붙은 장약통이 날아다닌다
주둔지 앞 철길 너머에서 날아오는 곳을 향해
영거리사격이 시작된다
귀를 째는 포탄의 파열음이 계속된다
포탄의 파편이 간간진내에도 날아든다
볶아대는 기관총소리, 그리고 자동소총소리
관측을 위해 조명탄이 오르고 잠잠하다 전투 끝
동쪽의 하늘이 밝아오기 시작하는데
예상접근로와 주요 화집점에

또 한 번의 제압사격을 하고 나니

마을에서 들려오는 범종소리가 어지러운 가슴을 달래준다

＊영거리사격: 포병부대의 자체방어를 위해 개발된 포사격기
법으로 포신을 수평으로 하여 사거리를 시한신관의 시간으
로 조절. 예) 200m 거리에는 장약 3호, 시간 0.025초 장입.

어느 날의 기억 속으로

— 203 OP에서

관측소 벙커에 쌓인 눈이 녹고 진달래가 피었다 지고 나면
영산홍이 뒤를 이어 붉었다
포대경으로 보이는 적지敵地에 아지랑이가 아른거리니
문득 고향생각이 난다
내가 살던 남쪽 한적골에 뻐꾸기 소리가 들리는 듯 잠시
짧은 고향의 봄꿈을 꾸어 보지만
무전기의 삐듬에 현실로 돌아오고 203 OP에서 내려다보이는
도창리 마을이 평화롭기만 한데 사람은 한 명도 보이지 않고
빈집 마당에 널린 빨래가 한가롭다

비무장지대로 눈을 돌리니 헐어져 버린 집터에 가슴은 뭉클하다
옛 장독대의 옆에는 도라지꽃이 탐스럽고
울타리에 기대었던 황매화도 만발했는데
텅 빈 외양간, 연기 없는 연돌, 잡초가 무성한 마당이 보이니
지난 날 전투에서 싸움의 생채기가 쑤셔오듯 하다

병사 한 명이 장독대에 올라 된장항아리를 찾아 된장을 뜬다
파리가 쉬를 슬어 구더기가 살고 있지만 아랑곳하지 않고
빈 그릇을 찾아 된장을 퍼 담는다
가꾸지 않은 텃밭에서 푸성귀도 뜯고 풋고추도 땄다

보급이 원활하지 않아서 오늘 저녁 주먹밥의 부식이 된다
가시*를 밀어내고 된장을 찍던 생각에 공연한 눈물이 난다

참으로 어려웠던 비참한 전쟁 노병의 체험담은 계속되는데
아픔을 잊으라는 바람이 분다
한탄강의 물줄기가 북으로 흐르며 하늘빛을 받아 푸르게 빛나는데
봉래호의 옛 생각에 분단의 아픔은 더욱 깊어지고
젊던 소위의 기억이 점점 잊혀져가고 있다

*가시: 구더기를 일부 시골에서는 가시라 불렀다.

휴전 이후 전선은

일제강점기를 지나 해방 이후
시끄럽던 조국에 난데없이 전쟁이 터졌다
칼과 화살이 아닌 탱크와 비행기
그리고 총으로 싸우는 전쟁
밀고, 밀리고 오르락내리락 몇 번을 오가는 사이
사상도, 죽음도, 바뀌고 쌓이며
전선이 바뀔 때마다 수많은 사람들이 죽었다
언어도 피부 색깔이 다른 오십여 개국의 나라가 참가했던 전쟁
동서의 이념전쟁으로 참으로 희한한 전쟁이 있었다
비룡계곡의 영국군 묘지부터
가는 곳마다 용감하게 싸우다 전사한 이들이여
죽음의 능선을 베고 누운 자리에
타다 만 나무 등걸은 지금도 소리 없이 비명을 지르는데
터진 가슴은 시커멓게 멍이 든 채
눈감은 983고지의 함성이 들려온다
얼마나 많은 주검이 붉은 피를 흘렸기에
이곳을 피의 능선이라 불렀을까
참혹한 제한전쟁이 가져온 저주를
그대들은 아는지
끝을 모르던 전쟁이 터지고 4년 후에 휴전한 지 육십 년

싸우던 병사는 늙고 죽어 기억조차 희미한데
뒤 늦은 캄보디아의 킬링필드보다
심하게 이어지는 긴장으로 오늘도 팽팽하다
여러 번의 수뇌가 바뀌었어도
싸움이 종식된 것이 아니고
단지 쉬고 있는 기간일 뿐 언젠가는 다시 시작해야 한다
그러기에 잊어서는 안 되고 확실하게 준비를 해야 한다

조준사격 연습

엎드려 쏴 사격자세를 취한 다음
마음으로 가늠구멍을 통해 십자선을 긋고
그 중앙에 가늠쇠 상단을 일치시켜
가장 미운 놈 심장을 가볍게 올려놓고
심장을 끝까지 보며 방아쇠를 가볍게 당기면
백발백중 명중이다
이론은 그렇다 그러나 쉽지 않다
목표물을 의식하면 중앙선 정리가 흐트러지고
중앙선을 의식하다 보면
목표물을 가볍게 올려놓는 일이 쉽지 않다
목표물과 중앙선 정리를
눈의 초점으로 번갈아보며
서서히 격발하면 이 또한 역시 백발백중이다
백발백중으로 사격하기 위해서는
총의 성질을 조정하는데 이를 두고 크리크 조정이라 했다
탄착을 보며 크리크 조정이 끝난 총은 나의 분신이기에
그녀의 귀걸이도 맞출 수 있고 머리 위의 사과도 맞출 수 있다
이것이 사랑의 총이라면 영락없는 큐피트의 화살이 아닐까
명사수가 되니 박수소리와 함께 휴가증이 눈앞에서 펄럭이고
터득했으니 푸른 제복을 좋아하는 사랑을 구하러 가야겠지

　제3집《구름과 바람이 흘러가는 동산》을 펴내고 또 한 해가 흘러가고 있다. 컴퓨터에서 많은 활동을 하고 있는 여러 문학 단체들의 초청으로 카페에 들러 많은 시인들의 작품을 보며 소감들을 열심히 써줬고, 나 또한 시를 이틀에 한 편씩 올려 독자들의 진심어린 댓글에 대하며 답글로 감사함을 표현하면서 바쁘지도 않고 게으르지도 않게 세월을 보내고 있다.

　지내는 동안 여러 시인들이 보내준 작품집을 읽으며 나 자신도 약간의 발전이 되었음을 부인하지 않는다.

　여러 문학단체에서 문학상 추천도 받았지만 아직은 내세울 만큼의 실력도 되지 않고 세상에 내놓을 만큼 자랑스럽지도 못하지만 사회의 중장년으로 자란 자식들과 여러 명의 손주들에게 열심히 살고 있는 모습을 보여주기 위함으로 졸필이지만 다그쳐 이번 시집《내 마음에 무늬진 순간들》를 펴낸다.

　이번 시집을 펴내기까지 뒷바라지를 해 준 아내와 시집 발간을 위해 물심양면으로 도움을 준 후배 '황학연'과 학교동창 및 군 동기생들에게도 감사의 마음을 드리며, 특히 마음을 써준 막내여동생 명희부부에게도 고마움을 전한다.

이천이십일 년 십이월

내 마음에 무늬진 순간들

•

지은이 / 황규환
발행인 / 김영란
발행처 / **한누리미디어**
디자인 / 지선숙

•

08303, 서울시 구로구 구로중앙로18길 40, 2층(구로동)
전화 / (02)379-4514, 379-4519
Fax / (02)379-4516
E-mail/hannury2003@hanmail.net

•

신고번호 / 제 25100-2016-000025호
신고연월일 / 2016. 4. 11
등록일 / 1993. 11. 4

•

초판발행일 / 2022년 1월 15일

•

•

값 12,000원

•

•

ISBN 978-89-7969-846-6 03810